KB044857

독립운동은
못했지만
독립 시는
기억한다

독립운동은 못했지만 독립 시는 기억한다

초판 인쇄 2019년 8월 1일
초판 발행 2019년 8월 6일

지은이 한용운 · 이상화 · 심훈 · 김영랑 · 이육사 · 윤동주
펴낸이 김상철
발행처 스타북스
등록번호 제300-2006-00104호
주소 서울특별시 종로구 종로1가 르메이에르 1117호
전화 02) 735-1312
팩스 02) 735-5501
이메일 starbooks22@naver.com
ISBN 979-11-5795-473-5 03810

• 이 도서의 국립중앙도서관 출판예정도서목록(CIP)은 서지정보유통지원시스템 홈페이지(http://seoji.nl.go.kr)와 국가자료공동목록시스템(http://www.nl.go.kr/kolisnet)에서 이용할 수 있습니다. (CIP제어번호 : CIP2019029194)

독립시인 6인의
저항시 읽기

한용운
이상화
심훈
김영랑
이육사
윤동주
지음

스타북스

머리말

일본을 디지털로 뭉개버리자

"NO! 안 사요, 안 가요, 안 먹어요, 안 봐요"

날로 확산되고 있는 NO JAPAN운동의 피켓 구호다.

일본이 불화수소 등 3개 품목을 수출규제 하면서 일기 시작한 불매운동은 나날이 빠르고 정교하게 확산되고 있다. 그것도 독립운동 100주년에... 그리고 8.15를 앞두고 물러설 수 없는 21세기형 경제 전쟁이 시작된 느낌이다.

이 전쟁은 먼저 시작한 일본이 멈추지 않는 한 끝나지 않을 것이며 한걸음 더 나아가 화이트 리스트까지 작동하면 세계가 주목하는 경제 전쟁이 될 것이다. 피할 수 없는 전쟁이라면 온 국민이 힘을 합쳐 반드시 이겨야 한다.

일본에서 박사 학위를 받고 교수를 지내다 서울대에서 교수로 재직 중이던 김현철 교수의 강의를 들을 기회가 있었는데 일본기업 이제 한국기업에 배워야 한다면서 아나로그 시대에는 우리가 일본을 못 따라가지만, 디지털 시대에는 일본이 한국을 못 따라온다고 했다.

특히 흥미로운 부분은 빨리빨리 문화, 적당주의, 독특한 영업

문화, 뼛속 깊이에서 나오는 브랜드 전략 등을 소개하면서 일본은 죽었다 깨나도 모를 경영 전략들을 한국 기업들이 가지고 있다며 우리가 너무나 당연하게 느끼는 국민 정서가 우리 기업을 이끈 원동력이라는 것이다.

이 책을 편집하면서 5년 전에 들었던 강의가 새삼 떠올랐다. 100년 전 우리 조상들이 3.1운동을 했던 의지와 독립정신만 가진다면 우리는 일본을 넘어설 수 있다고 확신한다. 노노재팬 불매운동이 일본보다 빠르고 정교하게 이미 압도하고 있다는 사실이 그것을 증명하고 있다.

이 책에는 대표적 저항시로 꼽히는 한용운의 '님의 침묵', 이상화의 '빼앗긴 들에도 봄은 오는가', 심훈의 '그날이 오면', 김영랑의 '모란이 피기까지는', 이육사의 '광야', 윤동주의 '쉽게 씌어진 시' 등등 교과서에도 실려 있어서 대한민국 국민이라면 누구나 알고 있는 여섯 분 독립시인들의 민족혼이 담긴 저항 시와 감성을 되살리는 주옥같은 서정시를 실었다.

100년 전 지금도 우리가 좋아하는 시인들이 독립운동을 하며 감옥에서 겪었을 고통과 함께 대한민국 독립을 위해 헌신한 마음을 되새기며 그들의 생각과 마음을 헤아려보고, 그들의 시를 읽으면서 그 시대의 삶을 기억하고 반추해보면서, 100년이 지난 오늘을 살고 있는 우리 자신을 되돌아보는 기회와 미래에 대한 통찰을 하면서 지금 벌어지고 있는 경제전쟁을 이기는 의지의 도구가 되기를 기원한다.

차례

한용운

이상화

심훈

김영랑

이육사

윤동주

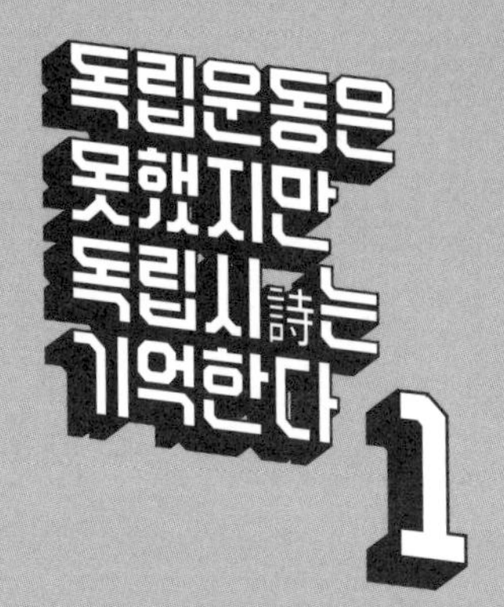
독립운동은
못했지만
독립시詩는
기억한다
1

한용운

한용운

1879.8.29.~1944.6.29.

불교를 대표하는 3.1 독립운동의 주역이자 독립시인이다. 일제강점기 때 시집 《님의 침묵》을 출판하여 저항문학에 앞장섰고, 불교를 통한 청년운동을 강화했다. 당시의 무능한 불교를 개혁하려고 노력하면서 불교의 현실참여를 주장했다. 주요 저서로 《조선불교유신론》 등이 있다.

나룻배와
행인

나는 나룻배
당신은 행인

당신은 흙발로 나를 짓밟습니다.
나는 당신을 안고 물을 건너갑니다.
나는 당신을 안으면 깊으나 얕으나 급한 여울이나 건너
갑니다.

만일 당신이 아니 오시면 나는 바람을 쐬고 눈비를 맞으
며 밤에서 낮까지 당신을 기다리고 있습니다.
당신은 물만 건너면 나를 돌아보지도 않고 가십니다, 그려.
그러나 당신이 언제든지 오실 줄만은 알아요.
나는 당신을 기다리면서 날마다날마다 낡아갑니다.

나는 나룻배
당신은 행인.

님의 침묵

님은 갔습니다. 아아, 사랑하는 나의 님은 갔습니다.
푸른 산빛을 깨치고 단풍나무 숲을 향하여 난 작은 길을 걸어서 차마 떨치고 갔습니다.
황금의 꽃같이 굳고 빛나던 옛 맹세는 차디찬 티끌이 되어서 한숨의 미풍에 날아갔습니다.
날카로운 첫 키스의 추억은 나의 운명의 지침을 돌려놓고 뒷걸음쳐서 사라졌습니다.
나는 향기로운 님의 말소리에 귀먹고 꽃다운 님의 얼굴에 눈멀었습니다.
사랑도 사람의 일이라 만날 때에 미리 떠날 것을 염려하고 경계하지 아니한 것은 아니지만
이별은 뜻밖의 일이 되고 놀란 가슴은 새로운 슬픔에 터집니다.

그러나 이별을 쓸데없는 눈물의 원천을 만들고 마는 것은 스스로 사랑을 깨치는 것인 줄 아는 까닭에 걷잡을 수 없는 슬픔의 힘을 옮겨서 새 희망의 정수박이에 들어부었습니다.

우리는 만날 때에 떠날 것을 염려하는 것과 같이 떠날 때에 다시 만날 것을 믿습니다.

아아, 님은 갔지마는 나는 님을 보내지 아니하였습니다.

제 곡조를 못 이기는 사랑의 노래는 님의 침묵을 휩싸고 돕니다.

당신을 보았습니다

당신이 가신 뒤로 나는 당신을 잊을 수가 없습니다.
까닭은 당신을 위하느니보다 나를 위함이 많습니다.

나는 갈고 심을 땅이 없으므로 추수가 없습니다.
저녁거리가 없어서 조나 감자를 꾸러 이웃집에 갔더니 주인은 '거지는 인격이 없다. 인격이 없는 사람은 생명이 없다. 너를 도와주는 것은 죄악이다.'고 말하였습니다.
그 말을 듣고 돌아 나올 때에 쏟아지는 눈물 속에서 당신을 보았습니다.

나는 집도 없고 다른 까닭을 겸하여 민적(民籍)이 없습니다.

'민적 없는 자는 인권이 없다. 인권이 없는 너에게 무슨 정조(貞操)냐.'하고 능욕하려는 장군이 있었습니다.

그를 항거한 뒤에 남에게 대한 격분이 스스로의 슬픔으로 화(化)하는 찰나에 당신을 보았습니다.

아아, 온갖 윤리, 도덕, 법률은 칼과 황금을 제사 지내는 연기(煙氣)인 줄을 알았습니다.

영원의 사랑을 받을까, 인간 역사의 첫 페이지에 잉크 칠을 할까, 술을 마실까 망설일 때에 당신을 보았습니다.

알 수 없어요

바람도 없는 공중에 수직의 파문을 내이며 고요히 떨어지는 오동잎은 누구의 발자취입니까.
지리한 장마 끝에 서풍이 몰려가는 무서운 검은 구름의 터진 틈으로 언뜻언뜻 보이는 푸른 하늘은 누구의 얼굴입니까.
꽃도 없는 깊은 나무에 푸른 이끼를 거쳐서 옛 탑 위의 고요한 하늘을 스치는 알 수 없는 향기는 누구의 입김입니까.
근원은 알지도 못할 곳에서 나서 돌부리를 울리고 가늘게 흐르는 작은 시내는 굽이굽이 누구의 노래입니까.
연꽃 같은 발꿈치로 가이없는 바다를 밟고 옥 같은 손으로 끝없는 하늘을 만지면서 떨어지는 날을 곱게 단장하는 저녁놀은 누구의 시(時)입니까.
타고 남은 재가 다시 기름이 됩니다. 그칠 줄을 모르고 타는 나의 가슴은 누구의 밤을 지키는 약한 등불입니까.

해당화

당신은 해당화가 피기 전에 오신다고 하였습니다. 봄은 벌써 늦었습니다.
봄이 오기 전에는 어서 오기를 바랐더니 봄이 오고 보니 너무 일찍 왔나 두려워합니다.

철모르는 아이들은 뒷동산에 해당화가 피었다고 다투어 말하기로 듣고도 못 들은 체하였더니,
야속한 봄바람은 나는 꽃을 불어서 경대 위에 놓입니다, 그려.
시름없이 꽃을 주워서 입술에 대고 '너는 언제 피었니'하고 물었습니다.
꽃은 말도 없이 나의 눈물에 비쳐서 둘이 되고 셋도 됩니다.

논개의
애인이 되어서
그의 묘에

날과 밤으로 흐르고 흐르는 남강은 가지 않습니다.
바람과 비에 우두커니 서 있는 촉석루는 살 같은 광음을
따라서 달음질칩니다.
논개여 나에게 울음과 웃음을 동시에 주는 사랑하는 논
개여.
그대는 조선의 무덤 가운데 피었던 좋은 꽃의 하나이다.
그래서 그 향기는 썩지 않는다.
나는 시인으로 그대의 애인이 되었노라.
그대는 어데 있느뇨, 죽지 않은 그대가 이 세상에는 없구나.
나는 황금의 칼에 베어진 꽃과 같이 향기롭고 애처로운
그대의 당년(當年)을 회상한다.
술 향기에 목마친 고요한 노래는 옥에 묻힌 썩은 칼을 울
렸다.
춤추는 소매를 안고 도는 무서운 찬바람은 귀신 나라의
꽃수풀을 거쳐서 떨어지는 해를 얼렸다.

가냘픈 그대의 마음은 비록 침착하였지만 떨리는 것보다도 더욱 무서웠다.
아름답고 무독(無毒)한 그대의 눈은 비록 웃었지만 우는 것보다도 더욱 슬펐다.
붉은 듯하다가 푸르고 푸른 듯하다가 희어지며 가늘게 떨리는 그대의 입술은 웃음의 조운(朝雲)이냐, 울음의 모우(暮雨)이냐, 새벽달의 비밀이냐, 이슬꽃의 상징이냐.
빠비(파리玻璃) 같은 그대의 손에 꺾기우지 못한 낙화대에 남은 꽃은 부끄럼에 취하여 얼굴이 붉었다.
옥 같은 그대의 발꿈치에 밟힌 강 언덕의 묵은 이끼는 교긍(驕矜)에 넘쳐서 푸른 사롱(紗籠)으로 자기의 제명(題名)을 가리었다.

아아, 나는 그대도 없는 빈 무덤 같은 집을 그대의 집이라고 부릅니다.
만일 이름뿐이나마 그대의 집도 없으면 그대의 이름을

불러 볼 기회가 없는 까닭입니다.
나는 꽃을 사랑합니다마는 그대의 집에 피어 있는 꽃을 꺾을 수는 없습니다.
그대의 집에 피어 있는 꽃을 꺾으려면 나의 창자가 먼저 꺾어지는 까닭입니다.
나는 꽃을 사랑합니다마는 그대의 집에 꽃을 심을 수는 없습니다.
그대의 집에 꽃을 심으려면 나의 가슴에 가시가 먼저 심어지는 까닭입니다.

용서하여요, 논개여, 금석(金石) 같은 굳은 언약을 저버린 것은 그대가 아니요, 나입니다.
용서하여요, 논개여, 쓸쓸하고 호젓한 잠자리에 외로이 누워서 끼친 한에 울고 있는 것은 내가 아니요, 그대입니다.
나의 가슴에 '사랑'의 글자를 황금으로 새겨서 그대의 사당에 기념비를 세운들 그대에게 무슨 위로가 되오리까.

나의 노래에 '눈물'의 곡조를 낙인으로 찍어서 그대의 사당에 제종(祭鍾)을 울린대도 나에게 무슨 속죄가 되오리까.
나는 다만 그대의 유언대로 그대에게 다하지 못한 사랑을 영원히 다른 여자에게 주지 아니할 뿐입니다. 그것은 그대의 얼굴과 같이 잊을 수가 없는 맹세입니다.
용서하여요, 논개여, 그대가 용서하면 나의 죄는 신에게 참회를 아니한대도 사라지겠습니다.

천추(千秋)에 죽지 않는 논개여
하루도 살 수 없는 논개여
그대를 사랑하는 나의 마음이 얼마나 즐거우며 얼마나 슬프겠는가
나는 웃음이 겨워서 눈물이 되고 눈물이 겨워서 웃음이 됩니다.
용서하여요, 사랑하는 오오 논개여.

나는
잊고자

남들은 님을 생각한다지만
나는 님을 잊고자 하여요.
잊고자 할수록 생각하기로
행여 잊힐까 하고 생각하여 보았습니다.

잊으려면 생각하고
생각하면 잊히지 아니하니
잊도 말고 생각도 말아볼까요.
잊든지 생각든지 내버려 두어볼까요.
그러나 그리도 아니되고
끊임없는 생각생각에 님뿐인데 어찌하여요.

구태여 잊으려면
잊을 수가 없는 것은 아니지만
잠과 죽음뿐이기로
님 두고는 못하여요.

아아, 잊히지 않는 생각보다
잊고자 하는 그것이 더욱 괴롭습니다.

복종(服從)

남들은 자유를 사랑한다지만 나는 복종을 좋아하여요.
자유를 모르는 것은 아니지만 당신에게만은 복종만 하고 싶어요.
복종하고 싶은데 복종하는 것은 아름다운 자유보다도 달콤합니다. 그것이 나의 행복입니다.

그러나 당신이 나더러 다른 사람을 복종하라면 그것만은 복종할 수가 없습니다.
다른 사람을 복종하려면 당신에게 복종할 수가 없는 까닭입니다.

길이 막혀

당신의 얼굴은 달도 아니언만
산 넘고 물 넘어 나의 마음을 비춥니다.

나의 손길은 왜 그리 짧아서
눈앞에 보이는 당신의 가슴을 못 만지나요.

당신이 오기로 못 올 것이 무엇이며
내가 가기로 못 갈 것이 없지마는
산에는 사다리가 없고
물에는 배가 없어요.

뉘라서 사다리를 떼고 배를 깨뜨렸습니까.
나는 보석으로 사다리 놓고 진주로 배 모아요.
오시려도 길이 막혀서 못 오시는 당신이 기루어요.

밤은
고요하고

밤은 고요하고 방은 물로 씻은 듯합니다.

이불은 개인 채로 옆에 놓아두고 화롯불을 다듬거리고 앉았습니다.

밤은 얼마나 되었는지 화롯불은 꺼져서 찬 재가 되었습니다.

그러나 그를 사랑하는 나의 마음은 오히려 식지 아니하였습니다.

닭의 소리가 채 나기 전에 그를 만나서 무슨 말을 하였는데 꿈조차 분명치 않습니다, 그려.

독립운동은 못했지만 독립시詩는 기억한다 2

이상화

1901.4.5.~1943.4.25.

「빼앗긴 들에도 봄은 오는가」라는 저항과 민족시로 널리 알려진 독립시인이다. 1925년 8월에 조선프롤레타리아예술동맹(KAPF)의 창립회원으로 참여하였고, 이듬해 기관지 『문예운동』을 주관하기도 했다. 식민치하의 민족적 비애와 일제에 항거하는 저항의식을 기조로 하여 시를 썼다.

빈촌의 밤

봉창 구멍으로
나른하여 조으노라.
깜작이는 호롱불
햇빛을 꺼리는 늙은 눈알처럼
세상 밖에서 앓는다, 앓는다.

아, 나의 마음은,
사람이란 이렇게도
광명을 그리는가.
담조차 못 가진 거적문 앞에를,
이르러 들으니, 울음이 돌더라.

빼앗긴 들에도
봄은 오는가

지금은 남의 땅, 빼앗긴 들에도 봄은 오는가?

나는 온몸에 햇살을 받고
푸른 하늘 푸른 들이 맞붙은 곳으로
가르마 같은 논길을 따라 꿈속을 가듯 걸어만 간다.

입술을 다문 하늘아 들아
내 맘에는 나 혼자 온 것 같지를 않구나.
네가 끌었느냐 누가 부르더냐 답답워라 말을 해다오.

바람은 내 귀에 속삭이며
한 자국도 섰지 마라 옷자락을 흔들고
종다리는 울타리 너머 아가씨같이 구름 뒤에서 반갑다
웃네.

고맙게 잘 자란 보리밭아
간밤 자정이 넘어 내리던 고운 비로
너는 삼단 같은 머리를 감았구나. 내 머리조차 가뿐하다.

혼자라도 가쁘게나 가자.
마른 논을 안고 도는 착한 도랑이
젖먹이 달래는 노래를 하고 제 혼자 어깨춤만 추고 가네.

나비 제비야 깝치지 마라.
맨드라미 들마꽃에도 인사를 해야지.
아주까리 지심기름을 바른 이가 지심매던 그들이라 다 보고 싶다.

내 손에 호미를 쥐어 다오.
살진 젖가슴 같은 부드러운 이 흙을
팔목이 시도록 매고 좋은 땀조차 흘리고 싶다.

강가에 나온 아이와 같이
짬도 모르고 끝도 없이 닫는 내 혼아
무엇을 찾느냐 어디로 가느냐 우습다 답을 하려무나.

나는 온몸에 풋내를 띠고
푸른 웃음 푸른 설움이 어우러진 사이로
다리를 절며 하루를 걷는다 아마도 봄 신령이 잡혔나 보다.

그러나 지금은 들을 빼앗겨 봄조차 빼앗기겠네.

가장 비통한 기욕(祈慾)

– 간도 이민을 보고

아, 가도다, 가도다, 쫓겨가도다.
잊음 속에 있는 간도와 요동벌로
주린 목숨 움켜쥐고 쫓아가도다.
자갈을 밥으로 해채를 마셔도
마구나 가졌으면 단잠을 얽을 것을.
인간을 만든 검아 하루 일찍
차라리 주린 목숨을 뺏어가거라!

아, 사노라, 사노라, 취해 사노라,
자포 속에 있는 서울과 시골로
멍든 목숨 행여 갈까, 취해 사노라.
어둔 밤 말 없는 돌을 안고서
피울음 울어도 설움을 풀릴 것을.
인간을 만든 검아, 하루 일찍
차라리 취한 목숨, 죽여 버려라!

역천(逆天)

이때야말로 이 나라의 보배로운 가을철이다.
더구나 그림도 같고 꿈과도 같은 좋은 밤이다.
초가을 열나흘 밤 열푸른 유리로 천장을 한 밤
거기서 달은 마중 왔다 얼굴을 쳐들고 별은 기다린다 눈짓을 한다.
그리고 실낱같은 바람은 길을 끄으려 바래노라 이따금 성화를 하지 않는가.

그러나 나는 오늘 밤에 좋아라 가고프지가 않다.
아니다, 나는 오늘 밤에 좋아라 보고프지도 않다.
이런 때 이런 밤 이 나라까지 복지게 보이는 저편
하늘을 햇살이 못 쪼이는 그 땅에 나서 가슴 밑바닥으로
못 웃어본 나는 선뜻만 보아도
철모르는 나의 마음 홀아비 자식 아비를 따르듯 불 본 나비가 되어
꾀이는 얼굴과 같은 달에게로 웃는 이빨 같은 별에게로

앞도 모르고 뒤도 모르고 곤두치듯 줄달음질을 쳐서 가더니.
그리하야 지금 내가 어디서 무엇 때문에 이 짓을 하는지
그것조차 잊고서도 낮이나 밤이나 노닐 것이 두렵다.

걸림 없이 사는 듯하면서도 걸림뿐인 사람의 세상,
아름다운 때가 오면 아름다운 그때와 어울려 한 뭉텅이가 못 되어지는 이 살이
꿈과도 같고 그림 같고 어린이 마음 위와 같은 나라가 있어
아무리 불러도 멋대로 못 가고 생각조차 못하게 지천을 떠는 이 설움
벙어리 같은 이 아픈 설움이 칡덩굴같이 몇 날 몇 해나 얽히어 틀어진다.

보아라 오늘 밤에 하늘이 사람 배반하는 줄 알았다.
아니다 오늘 밤에 사람이 하늘 배반하는 줄도 알았다.

독백

나는 살련다 나는 살련다.
바른 맘으로 살지 못하면 미쳐서도 살고 말련다.
남의 입에서 세상의 입에서
사람 영혼의 목숨까지 끊으려는
비웃음의 쌀이
내 송장의 불쌍스런 그 꼴 위로
소낙비같이 내려 쏟을지라도,
짓퍼부울지라도,
나는 살련다, 내 뜻대로 살련다.
그래도 살 수 없다면
나는 제 목숨이 아까운 줄 모르는
벙어리의 붉은 울음 속에서라도
살고는 말련다.

원한이란 이름도 얼굴도 모르는

장마 진 냇물의 여울 속에 빠져서 나는 살련다.

게서 팔과 다리를 허둥거리고

부끄럼 없이 몸살을 쳐보다

죽으면 죽으면 죽어서라도 살고는 말련다.

선구자의
노래

나는 남 보기에 미친 사람이란다.
마는 내 알기엔 참된 사람이노라.

나를 아니꼽게 여길 이 세상에는
살려는 사람이 많기도 하여라.

오, 두려워라, 부끄러워라.
그들의 꽃다운 사리가 눈에 보인다.

행여나 내 목숨이 있기 때문에
그 살림을 못 살까. 아, 괴롭다.

내가 알음이 적은가, 모름이 많은가.
내가 너무나 어리석을가, 슬기로운가.

아무래도 내 하고저움은 미친 짓뿐이라.
남의 꿀 듣는 집을 문흘지 나도 모른다.

사람아, 미친 내 뒤를 따라만 오너라.
나는 미친 흥에 겨워 죽음도 뵈줄 테다.

통곡

하늘을 우러러
울기는 하여도
하늘이 그리워 울음이 아니다.
두 발을 못 뻗는 이 땅이 애달파
하늘을 흘기니
울음이 터진다.
해야 웃지 마라.
달도 뜨지 마라.

이상화

눈이
오시네

눈이 오시면
내 마음은 미치나니
내 마음은 달뜨나니
오, 눈 오시는 오늘 밤에
그리운 그이는 가시네.
그리운 그이는 가시고
눈은 자꾸 오시네.

눈이 오시면
내 마음은 달뜨나니
내 마음은 미치나니
오, 눈 오시는 이 밤에
그리운 그이는 가시네.
그리운 그이는 가시고
눈은 오시네.

시인에게

한 편의 시 그것으로
새로운 세계 하나를 낳아야 할 줄 깨칠 그때라야
시인아 너의 존재가
비로소 우주에게 없지 못할 너로 알려질 것이다.
가뭄 든 논에게는 청개구리의 울음이 있어야 하듯.

새 세계란 속에서도
마음과 몸이 갈려 사는 줄풍류만 나와 보아라.
시인아 너의 목숨은
진저리나는 절름발이 노릇을 아직도 하는 것이다.
언제든지 일식된 해가 돋으면 뭣하며 진들 어떠랴.

이상화

시인아 너의 영광은
미친개 꼬리도 밟는 어린애의 짬 없는 그 마음이 되어
밤이라도 낮이라도
새 세계를 낳으려 손댄 자국이 시가 될 때에 있다.
촛불로 날아들어 죽어도 아름다운 나비를 보아라.

조선병(朝鮮炳)

어제나 오늘 보이는 사람마다 숨결이 막힌다.

오래간만에 만나는 반가움도 없이

참외꽃 같은 얼굴에 선웃음이 집을 짓더라.

눈보라 몰아치는 겨울 맛도 없이

고사리 같은 주먹에 진땀물이 굽이치더라.

저 하늘에다 봉창이나 뚫으랴 숨결이 막힌다.

이상화

독립운동은 못했지만 독립시詩는 기억한다 3

심훈

1901.9.12.~1936.9.16.

「그날이 오면」이라는 저항시로 널리 알려진 독립시인이자 소설가, 영화인으로, 리얼리즘에 입각한 본격적인 농민문학의 장을 여는 데 크게 공헌한 것으로 평가받고 있다. 대표작으로 '상록수', '영원의 미소'를 비롯하여 많은 소설이 있으며, 우리나라 최초의 영화소설 '탈춤' 등이 있다.

짝 잃은 기러기

짝 잃은 기러기 새벽하늘에
외마디 소리 이끌며 별밭을 가(耕)네.
단 한 잠도 못 맺은 기나긴 겨울밤을
기러기 홀로 나 홀로 잠든 천지에 울며 헤매네.

허구한 날 밤이면 밤을
마음속으로 파고만 드는 그의 그림자,
덩이피에 벌룽거리는 사나이의 염통이
조그만 소녀의 손에 사로잡히고 말았네.

그날이 오면

그날이 오면 그날이 오면은
삼각산이 일어나 더덩실춤이라도 추고
한강물이 뒤집혀 용솟음칠 그날이,
이 목숨이 끊기기 전에 와 주기만 할 양이면
나는 밤하늘에 나는 까마귀와 같이
종로의 인경(人磬)을 머리로 들이받아 올리오리다.
두개골은 깨어져 산산조각이 나도
기뻐서 죽사오매 오히려 무슨 한이 남으오리까.

심훈

그날이 와서, 오오, 그날이 와서
육조(六曹) 앞 넓은 길을 울며 뛰며 딩굴어도
그래도 넘치는 기쁨에 가슴이 미어질 듯하거든
드는 칼로 이 몸의 가죽이라도 벗겨서
커다란 북을 만들어 들쳐 메고는
여러분의 행렬에 앞장을 서오리다.
우렁찬 그 소리를 한번이라도 듣기만 하면
그 자리에 거꾸러져도 눈을 감겠소이다.

나의
강산(江山)이여

높은 곳에 올라 이 땅을 굽어 보니
큰 봉우리와 작은 뫼뿌리의 어여쁨이여,
아지랑이 속으로 시선이 녹아다는 곳까지
오뚝오뚝 솟았다가는 굽이쳐 달리는 그 산줄기,
네 품에 안겨 뒹굴고 싶도록 아름답구나.

소나무 감송감송 목멱(木覓 : 남산)의 등어리는
젖 물고 어루만지던 어머니의 허리와 같고
삼각산은 적(敵)의 앞에 뽑아든 칼끝처럼
한번만 찌르면 먹장구름 쏟아질 듯이
아직도 네 기상이 늠름하구나.

에워싼 것이 바다로되 물결이 성내지 않고
샘과 시내로 가늘게 수놓았건만
그 물이 맑고 그 바다 푸르러서,
한 모금 마시면 한 백년이나 수(壽)를 할 듯

퐁퐁퐁 솟아서는 넘쳐넘쳐 흐르는구나.

할아버지 주무시는 저 산기슭에
할미꽃이 졸고 뻐꾹새는 울어 예네.
사랑하는 그대여, 당신도 돌아만 가면
저 언덕 위에 편안히 묻어드리고
그 발치에 나도 누워 깊은 설움 잊으오리다.

바가지 쪽 걸머지고 집 떠난 형제,
거치른 발판에 강냉이 이삭을 줍는 자매여,
부디부디 백골이나마 이 흙 속에 돌아와 묻히소서.
오오, 바라다볼수록 아름다운 나의 강산(江山)이여!

봄의
서곡(序曲)

동무여,
봄의 서곡을 아뢰라.
심금(心琴)엔 먼지 앉고 줄은 낡았으나마
그 줄이 가닥가닥 끊어지도록
새 봄의 해조(諧調)를 뜯으라!

그대의 가슴이 찢어질 듯 아픈 줄이야 어느 뉘가 모르랴.
그러나 그 아픔은 묵은 설움이
엉기어 붙은 영혼의 동통(疼痛)이 아니요,
입술을 깨물며 새로운 우리의 봄을
비춰내려는 창조의 고통이다.

진달래 동산에 새 소리 들리거든
너도 나도 즐거이 노래 부르자.
범나비 쌍쌍이 날아들거든
우리도 덩달아 어깨춤 추자.

밤낮으로 탄식만 한다고 우리 봄은 저절로 굴러들지
않으리니……
그대와 나,
개미떼처럼 한데 뭉쳐 땀을 흘리며 폐허를 지키고
굽히지 말고 싸우며 나가자.
우리의 역사는 눈물에 미끄러져
뒷걸음치지 않으리니……

동무여,
봄의 서곡을 아뢰라.
심금(心琴)엔 먼지 앉고 줄은 낡았으나마
그 줄이 가닥가닥 끊어지도록
닥쳐올 새 봄의 해조(諧調)를 뜯으라!

풀밭에 누워서

가을날 풀밭에 누워서
우러러 보는 조선의 하늘은,
어쩌면 저다지도 맑고 푸르고 높을까요?
닦아놓은 거울인들 저보다 더 깨끗하오리까.

바라면 바라다볼수록
천리만리 생각이 아득하여
구름장을 타고 같이 떠도는 내 마음은,
애달프고 심란스럽기 비길 데 없소이다.
오늘도 만주벌에서는 몇 천 명이나 우리 동포가
놈들에게 쫓겨나 모진 악형까지 당하고
몇 십 명씩 묶여서 총을 맞고 거꾸러졌다는 소식!

거짓말이외다, 아무리 생각하여도 거짓말 같사외다.
고국의 하늘은 저다지도 맑고 푸르고 무심하거늘
같은 하늘 밑에서 그런 비극이 있었을 것 같지는 않소이다.

안땅에서 고생하는 사람들은 상팔자지요.
철창 속에서라도 이 맑은 공기를 호흡하고
이 명랑한 햇발을 쬐어 볼 수나 있지 않습니까?

논두렁에 버티고 선 허재비처럼
찢어진 옷 걸치고 남의 농사에 손톱 발톱 닳리다가
풍년 든 벌판에서 총을 맞고 그 흙에 피를 흘리다니……

미쳐날 듯이 심란한 마음 걷잡을 길 없어서
다시금 우러르니 높고 맑고 새파란 가을 하늘이외다.

분한 생각 내뿜으면 저 하늘이 새빨갛게 물이 들 듯하외다!

고향은
그리워도

–내 고향

나는 내 고향에 가지를 않소.

쫓겨난 지가 십년이나 되건만

한 번도 발을 들여놓지 않았소.

멀기만 한가, 고개 하나 너머건만

오라는 사람도 없거니와 무얼 보러 가겠소?

개나리 울타리에 꽃 피던 뒷동산은

허리가 잘려 문화주택이 서고

사당(祠堂) 헐린 자리엔 신사(神社)가 들어앉았다니,

전하는 말만 들어도 기가 막히는데

내 발로 걸어가서 눈꼴이 틀려 어찌 보겠소?

나는 영영 가지를 않으리오.

5대(伍代)가 내려오며 살던 내 고장이언만

비렁뱅이처럼 찾아가지는 않으려오.

후원(後苑)의 은행나무가 부둥켜안고

눈물을 지으려고 기어든단 말이요?

어느 누구를 만나려고 내가 가겠소?
잔뼈가 굵도록 정이 든 그 산과 그 들을
무슨 낯짝을 쳐들고 보더란 말이요?
번잡하던 식구는 거미같이 흩어졌는데
누가 내 손목을 잡고 옛날이야기나 해 줄상 싶소?

무얼 하려고 내가 그 땅을 다시 밟겠소?
손수 가꾸던 화단 아래 턱이나 고이고 앉아서
지나간 꿈의 자취나 더듬어 보라는 말이요?
추억의 날개나마 마음대로 펼치는 것을
그 날개마저 찢기면 어찌하겠소?

이대로 죽으면 죽었지 가지 않겠소.
빈 손 들고 터벌터벌 그 고개는 넘지 않겠소.

그 산과 그 들이 내닫듯이 반기고
우리 집 디딤돌에 내 신을 다시 벗기 전에
목을 매어 끌어도 내 고향엔 가지 않겠소.

통곡(痛哭) 속에서

큰 길에 넘치는 백의의 물결 속에서 울음소리 일어난다.
총검이 번득이고 군병의 발굽소리 소란한 곳에
분격한 무리는 몰리며 짓밟히며
땅에 엎디어 마지막 비명을 지른다.
땅을 두드리며 또 하늘을 우러러
외치는 소리 느껴 우는 소리 구소(九霄)에 사무친다.

검은 댕기 드린 소녀여,
눈송이 같이 소복 입은 소년이여,
그 무엇이 너희의 작은 가슴을
안타깝게도 설움에 떨게 하더냐.
그 뉘라서 저다지도 뜨거운 눈물을
어여쁜 너희의 두 눈으로 짜내라 하더냐?

가지마다 신록의 아지랑이가 피어오르고
종달새 시내를 따르는 즐거운 봄날에

어찌하여 너희는 벌써 기쁨의 노래를 잊어버렸는가?
천진한 너희의 행복마저 차마 어떤 사람이 빼앗아 가던가?

할아버지여! 할머니여!
오직 무덤 속의 안식밖에 희망이 끊친 노인네여!
조팝에 주름잡힌 얼굴은 누르렀고 세고(世苦)에 등은 굽었거늘
창자를 쥐어짜며 애통하시는 양은 차마 뵙기 어렵소이다.

그치시지요, 그만 눈물을 거두시지요.
당신네들의 쇠잔한 백골이나마 편안히 묻히고자 하던 이 땅은
남의 「호미」가 샅샅이 파헤친 지 이미 오래어늘
지금의 피나게 우신들 한번 간 옛날이
다시 돌아올 줄 아십니까?
해마다 봄마다 새 주인은

인정전 벚꽃 그늘에 잔치를 베풀고
이화(梨花)의 휘장은 낡은 수레에 붙어
티끌만 날리는 폐허를 굴러다녀도,
일후(日後)란 뉘 있어 길이 서러나 하랴마는……

오오, 쫓겨가는 무리여.
쓰러져버린 한낱 우상 앞에 무릎을 꿇지 말라!
덧없는 인생 죽고야 마는 것이 우리의 숙명이어니!
한 사람의 돌아오지 못함을 굳이 서러워하지 말라,
그러나 오오, 그러나

철천의 한(恨)을 품은 청상의 설움이로되

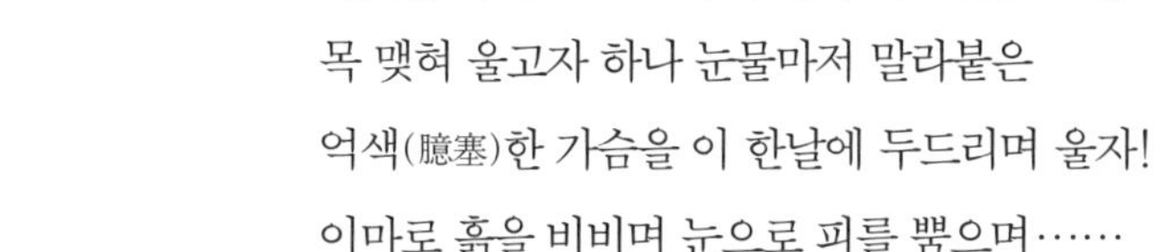

이웃집 제단(祭壇)조차 무너져 하소연할 곳 없으니
목 맺혀 울고자 하나 눈물마저 말라붙은
억색(臆塞)한 가슴을 이 한날에 두드리며 울자!
이마로 흙을 비비며 눈으로 피를 뿜으며……

마음의 각인(烙印)

마음 한복판에 속 깊이 찍혀진 각인을
몇 줄기 더운 눈물로 지워보려 하는가
칼끝으로 도려낸들 하나도 아닌 상처가 가시어질 것인가,
죽음은 홍소(哄笑)한다, 머리맡에 쭈그리고 앉아서……
자살한 사람의 시집을 어루만지다 밤은 깊어서
추녀 끝의 풍경 소리 내 상여 머리에 요령이 흔들리는 듯.
혼백은 시꺼먼 바다 속에서 잠겨 자맥질하고
허무히 그림자 악어의 입을 벌리고
등어리에 소름을 끼얹는다.

쓰라린 기억을 되풀이하면서 살아가는 앞길은
행복이란 도깨비가 길라잡이 노릇을 한다.
꿈속에 웃다가 울고 울다가 웃고 어릿광대들
개미떼처럼 뒤를 따라 쳇바퀴를 돌고 도는 걸……

「캄플」주사 한 대로 절맥(絶脈)되는 목숨을 이어보듯이
젊은이여 연애의 한 찰나에 목을 매달려는가?
혈관을 토막토막 끊으면 불이라도 붙을상 싶어도
불 꺼져 재만 남은 화로를 헤집는 마음이여!

모든 것이 모래밭 위에 소꿉장난이나 아닌 줄 알았다면
앞장을 서서 놈들과 겯고 틀어나 볼 것을,
길거리로 달려나가 실컷 분풀이나 할 것을,
아아, 지금에 희멀건 허공만이 내 눈 앞에 틔어 있을
뿐……

산에 오르라

젊은이여, 산에 오르라!
그대의 가슴은 우울(憂鬱)에 서리었노니
산 위에 올라 성대(聲帶)가 찢어지도록 소리 지르라.
봉우리와 멧부리가 그대 앞에 허리를 굽히면
어웅한 골짜기의 나무뿌린들 떨지 않으리.

젊은이여, 바다로 달리라!
청춘의 몸이 서리 맞은 풀잎처럼 시들려 하노니
그 몸을 솟쳐 풍덩실 창파(滄波)에 던지라.
남벽(藍碧)의 하늘과 물결 사이를 헤엄치는
자아(自我)가 얼마나 작고 또한 큰가를 느끼라.

젊은이여, 전원(田園)에 안기라!
그대는 이 땅의 흙냄새를 잊은지 오래 되나니
메마른 논바닥에 이마를 비비며 울어도 보라.
쇠괭이 높이 들어 힘껏 지심(地心)을 두드리면
쿠웅하고 울릴지니 그 반향(反響)에 귀를 기울리라!

조선은
술을 먹인다

조선은 마음 약한 젊은 사람에게 술을 먹인다.
입을 벌리고 독한 술잔으로 들이붓는다.

그네들의 마음은 화장터의 새벽과 같이 쓸쓸하고
그네들의 생활은 해수욕장의 가을처럼 공허하여
그 마음, 그 생활에서 순간이라도 떠나고자 술을 마신다.
아편 대신으로, 죽음 대신으로 알코올을 삼킨다.

가는 곳마다 양조장이요, 골목마다 색주가다.
카페의 의자를 부수고 술잔을 깨뜨리는 사나이가
피를 아끼지 않는 조선의 테러리스트요,
파출소 문 앞에 오줌을 깔기는 주정꾼이
이 땅의 가장 용감한 반역아란 말이냐?
그렇다면 전봇대를 붙잡고 통곡하는 친구는
이 바닥의 비분(悲憤)을 독차지한 지사로구나.

아아, 조선은, 마음 약한 젊은 사람에게 술을 먹인다.
뜻이 굳지 못한 청춘들의 골(腦)를 녹이려 한다.
생재목(生材木)에 알코올을 끼얹어 태워버리려 한다.

독립운동은 못했지만 독립시詩는 기억한다 4

김영랑

1903.1.16.~1950.9.29.

「모란이 피기까지는」이라는 시로 널리 알려진 독립시인이다. 잘 다듬어진 언어로 섬세하고 영롱한 서정을 노래하며 정지용의 감각적인 기교, 김기림의 주지적 경향과는 달리 순수서정시의 새로운 경지를 개척한 시인으로 평가 받고 있다. 1935년 첫째 시집인 《영랑시집》을 발표했다.

모란이
피기까지는

모란이 피기까지는

나는 아직 나의 봄을 기다리고 있을 테요.

모란이 뚝뚝 떨어져버린 날

나는 비로소 봄을 여읜 설움에 잠길 테요.

5월 어느 날 그 하루 무덥던 날

떨어져 누운 꽃잎마저 시들어 버리고는

천지에 모란은 자취도 없어지고

뻗쳐오르던 내 보람 서운케 무너졌으니

모란이 지고 말면 그뿐 내 한 해는 다 가고 말아

삼백 예순 날 하냥 섭섭해 우옵내다.

모란이 피기까지는

나는 아직 기다리고 있을 테요. 찬란한 슬픔의 봄을.

독(毒)을 차고

내 가슴에 독을 찬 지 오래로다.
아직 아무도 해(害)한 일 없는 새로 뽑은 독
벗은 그 무서운 독 그만 흩어버리라 한다.
나는 그 독이 선뜻 벗도 해할지 모른다 위협하고.

독 안 차고 살어도 머지 않아 너 나 마주 가버리면
억만 세대(億萬世代)가 그 뒤로 흘러가고
나중에 땅덩이 모지라져 모래알이 될 것임을
「허무(虛無)한듸!」독은 차서 무엇하느냐고?

아! 내 세상에 태어났음을 원망 않고 보낸
어느 하루가 있었던가, 「허무한듸!」허나
앞뒤로 덤비는 이리 승냥이 바야흐로 내 마음을 노리매
내 산 채 짐승의 밥이 되어 찢기우고 할퀴우라 내맡긴 신
세임을

김영랑

나는 독을 차고 선선히 가리라.

막음 날(마직막 날) 내 외로운 혼(魂) 건지기 위하여.

내 마음을 아실 이

내 마음을 아실 이
내 혼자 마음 날같이 아실 이

그래도 어데나 계실 것이면

내 마음에 때때로 어리우는 티끌과
속임 없는 눈물의 간곡한 방울방울
푸른 밤 고이 맺는 이슬 같은 보람을
보밴 듯 감추었다 내어 드리지.

아! 그립다.
내 혼자 마음 날같이 아실 이
꿈에나 아득히 보이는가.

향 맑은 옥돌에 불이 달아
사랑은 타기도 하오련만
불빛에 연긴 듯 희미론 마음은
사랑도 모르리 내 혼자 마음은

겨레의
새해

해는 저물 적마다 그가 저지른 모든 일을 잊음의 큰
바다로 흘려보내지만
우리는 새해를 오직 보람으로 다시 맞이한다.
멀리 사천이백팔십일 년
흰 뫼에 흰 눈이 쌓인 그대로
겨레는 한결같이 늘고 커지도다.
일어나고 없어지고 온갖 살림은
구태여 캐내어 따질 것 없이
긴긴 반만년 통틀어 오롯했다.

김영랑

사십 년 치욕은 한바탕 험한 꿈
사 년 쓰린 생각 아즉도 눈물이 돼
이 아침 이 가슴 정말 뻐근하거니
나라가 처음 만방평화의 큰 기둥 되고
백성이 인류 위해 큰일을 맡음이라.
긴 반만년 합쳐서 한 해로다.
새해 처음 맞는 겨레의 새해
미진한 대업 이루리라 거칠 것 없이 닫는 새해
이 첫날 겨레는 손 맞잡고 노래한다.

어느 날
어느 때고

어느 날 어느 때고
잘 가기 위하여
평안히 가기 위하여
몸이 비록
아프고 지칠지라도
마음 평안히
가기 위하여
일만 정성
모두어보리.

멋없이 봄은 살같이 떠나고

중년은 하 외로워도

이 허무에선 떠나야 될 것을

살이 삭삭

여미고 썰릴지라도

마음 평안히

가기 위하여

아! 이것

평생을 닦는 좁은 길.

떠나가는 배

창랑에 잠방거리는 섬들을 길러
그대는 탈도 없이 태연스럽다.

마을을 휩쓸고 목숨 앗아간
간밤 풍랑도 가소롭구나.

아침 날빛에 돛 높이 달고
청산아 보란 듯 떠나가는 배

바람은 차고 물결은 치고
그대는 호령도 하실만하다.0

김영랑

아파 누워
혼자 비노라

아파 누워 혼자 비노라.
이대로 가진 못하느냐

비는 마음 그래도 거짓 있나
사잔 욕심 찾아도 보나
새삼스레 있을 리 없다
힘없고 느릿한 핏줄 하나

오! 그저 이슬같이
예사 고요히 지렴으나
저기 은해잎은 떠나른다.

거문고

검은 벽에 기대선 채로
해가 스무 번 바뀌었는데
내 기린은 영영 울지를 못한다.

그 가슴을 통 흔들고 간 노인의 손
지금 어느 끝없는 향연에 높이 앉았으려니
당 위의 외론 기린이야 하마 잊어졌을나

바깥은 거친 들 이리떼만 몰려다니고
사람인 양 꾸민 잔나비떼들 쏘다 다니어
내 기린은 맘 둘 곳 몸 둘 곳 없어지다.

문 아주 굳이 닫고 벽에 기대선 채
해가 또 한 번 바뀌거늘
이 밤도 내 기린은 맘 놓고 울들 못한다.

춘향

큰칼 쓰고 옥에 든 춘향이는
제 마음이 그리도 독했던가 놀래었다.
성문이 부서져도 이 악물고
사또를 노려보던 교만한 눈
그 옛날 성학사(成學士) 박팽년이
불 지짐에도 태연하였음을 알았었니라,
오! 일편단심

원통코 독한 마음 잠과 꿈을 이뤘으랴.
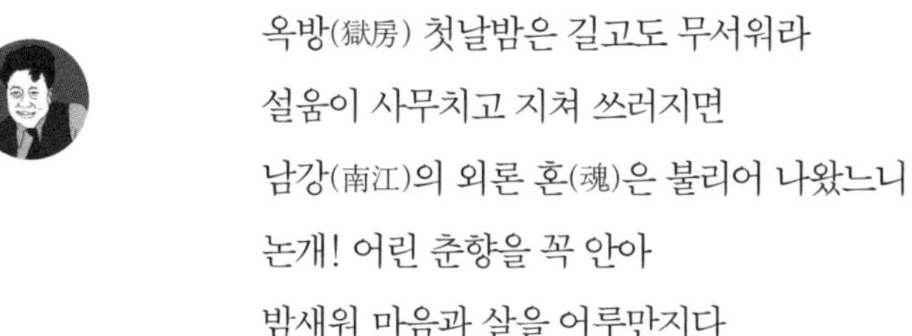

옥방(獄房) 첫날밤은 길고도 무서워라
설움이 사무치고 지쳐 쓰러지면
남강(南江)의 외론 혼(魂)은 불리어 나왔느니
논개! 어린 춘향을 꼭 안아
밤새워 마음과 살을 어루만지다
오! 일편단심

사랑이 무엇이기
정절이 무엇이기
그 때문에 꽃의 춘향 그만 옥사(獄死)한단말가
지네 구렁이 같은 변학도의
흉측한 얼굴에 까무러쳐도
어린 가슴 달큼히 지켜주는 도련님 생각
오! 일편단심

상하고 멍등 자리 마디마디 문지르며
눈물은 타고 남은 간을 젖어 내렸다
버들잎이 창살에 선뜻 스치는 날도
도련님 말방울 소리는 아니 들렸다
삼경(三更)을 세오다가 그는 고만 단장(斷腸)*하다
두견이 울어 두견이 울어 남원 고을도 깨어지고
오! 일편 단심

* 창자가 끊어질 정도로 슬픔

깊은 겨울밤 비바람은 우루루루
피칠해논 옥 창살을 들이치는데
옥 죽음한 원귀들이 구석구석에 휙휙 울어
청절 춘향도 혼을 잃고 몸을 버려버렸다.
밤새도록 까무럭치고
해 돋을 녘 깨어나다
오! 일편단심
믿고 바라고 눈 아프게 보고 싶던 도련님이
죽기 전에 와주셨다 춘향은 살았구나.
쑥대머리 귀신 얼굴 된 춘향이 보고
이 도령은 잔인스레 웃었다 저 때문의 정절이
자랑스러워
"우리 집이 팍 망해서 상거지가 되었지야."
틀림없는 도련님 춘향은 원망도 안했니라
오! 일편단심

모진 춘향이 그 밤 새벽에 또 까무러쳐서는
영 다시 깨어나진 못했었다 두견은 울었건만
도련님 다시 뵈어 한을 풀었으나 살아날 가망은
아주 끊기고
온몸 푸른 맥도 홱 풀려버렸을 법
출도 끝에 어사는 춘향의 몸을 거두며 울다
“내 변가보다 잔인 무지하여 춘향을 죽였구나.”
오! 일편단심

돌담에
속삭이는
햇발같이

돌담에 속삭이는 햇발같이
풀 아래 웃음 짓는 샘물같이
내 마음 고요히 고운 봄길 위에
오늘 하루 하늘을 우러르고 싶다.

새악시 볼에 떠오는 부끄럼같이
시의 가슴을 살포시 젖는 물결같이
보드레한 에메랄드 얇게 흐르는
실비단 하늘을 바라보고 싶다.

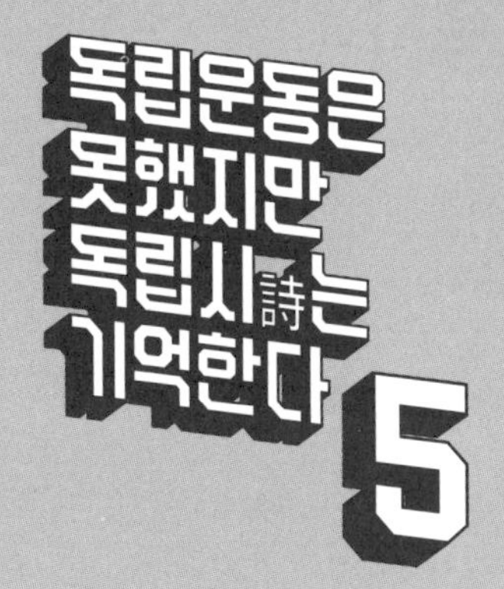
독립운동은
못했지만
독립시詩는
기억한다
5

이육사

이육사

1904.4.4.~1944.1.16.

「광야」라는 저항시로 널리 알려진 독립시인이다. 일제 강점기에 끝까지 민족의 양심을 지키며 죽음으로써 일제에 항거한 시인이다. 대표작인 「광야」와 「절정」에서 드러나듯이 그의 시는 식민지하의 민족적 비운을 소재로 삼아 강렬한 저항 의지를 나타내고, 꺼지지 않는 민족정신을 장엄하게 노래한 것이 특징이다.

꽃

동방은 하늘도 다 끝나고
비 한 방울 나리잖는 그때에도
오히려 꽃은 빨갛게 피지 않는가
내 목숨을 꾸며 쉬임 없는 날이여.

북쪽 툰드라에도 찬 새벽은
눈 속 깊이 꽃 맹아리가 옴자거려
제비떼 까맣게 날라오길 기다리나니
마침내 저바리지 못할 약속이여

한 바다 복판 용솟음 치는 곳
바람결 따라 타오르는 꽃성(城)에는
나비처럼 취(醉)하는 회상의 무리들아
오늘 내 여기서 너를 불러 보노라.

광야

까마득한 날에
하늘이 처음 열리고
어데 닭 우는 소리 들렸으랴.

모든 산맥들이
바다를 연모(戀慕)해 휘달릴때도
참아 이곳을 범(犯)하던 못하였으리라.

끊임없는 광음(光陰)을
부지런한 계절이 피여선 지고
큰 강물이 비로소 길을 열었다.

지금 눈 나리고
매화향기 홀로 아득하니
내 여기 가난한 노래의 씨를 뿌려라.

다시 천고(千古)의 뒤에

백마타고 오는 초인이 있어

이 광야(曠野)에서 목놓아 부르게 하리라.

노정기(路程記)

목숨이란 마치 깨여진 배쪼각
여기저기 흩어져 마을이 구죽죽한 어촌보담 어설프고
삶의 티끌만 오래묵은 포범(布帆)처럼 달아매였다.

남들은 기뻤다는 젊은 날이었것만
밤마다 내 꿈은 서해를 밀항(密航)하는 짱크와 같애
소금에 절고 조수에 부프러 올랐다.

항상 흐렸한밤 암초를 벗어나면 태풍과 싸워가고
전설에 읽어본 산호도(珊瑚島)는 구경도 못하는
그곳은 남십자성(南十字星)이 비쳐주도 않았다,

쫓기는 마음 지친 몸이길래
그리운 지평선을 한숨에 기오르면
시궁치는 열대식물처럼 발목을 오여쌌다.

새벽 밀물에 밀려온 거미이냐

다 삭아빠즌 소라 껍질에 나는 붙어 왔다,

먼 항구의 노정에 흘러간 생활을 들여다보며.

소년에게

차디찬 아침이슬
진주가 빛나는 못가
연꽃 하나 다복히 피고

소년아 네가 낳다니
맑은 넋에 깃드려
박꽃처럼 자랐세라.

큰강 목놓아 흘러
여울은 흰 돌쪽마다
소리 석양을 새기고

너는 준마(駿馬) 달리며
죽도(竹刀) 져 곧은 기운을
목숨같이 사랑했거늘

이육사

거리를 쫓아 단여도
분수(噴水) 있는 풍경 속에
동상답게 서봐도 좋다.

서풍 뺨을 스치고
하늘 한가 구름 뜨는 곳
희고 푸른 지음을 노래하며

그래 가락은 흔들리고
별들 춥다 얼어붙고
너조차 미친들 어떠랴.

한 개의 별을 노래하자

한 개의 별을 노래하자. 꼭 한 개의 별을
십이성좌 그 숱한 별을 어찌나 노래하겠니.

꼭 한 개의 별! 아침 날 때 보고 저녁 들 때도 보는 별
우리들과 아주 친하고 그 중 빛나는 별을 노래하자.
아름다운 미래를 꾸며 볼 동방의 큰 별을 가지자.

한 개의 별을 가지는 건 한 개의 지구를 갖는 것
아롱진 설움밖에 잃을 것도 없는 낡은 이 땅에서
한 개의 새로운 지구를 차지할 오는 날의 기쁜 노래를
목 안에 핏대를 올려가며 마음껏 불러 보자.

처녀의 눈동자를 느끼며 돌아가는 군수야업(軍需夜業)의
젊은 동무들
푸른 샘을 그리는 고달픈 사막의 행상대(行商隊)도 마음
을 축여라.

화전(火田)에 돌을 줍는 백성들도 옥야천리(沃野千里)를 차지하자.

다 같이 제멋에 알맞은 풍양(豊穰)한 지구의 주재자(主宰者)로
임자 없는 한 개의 별을 가질 노래를 부르자.

한 개의 별 한 개의 지구 단단히 다져진 그 땅 위에
모든 생산의 씨를 우리의 손으로 휘뿌려 보자.
양속처럼 찬란한 열매를 거두는 찬연(餐宴)엔
예의에 끄림없는 반취(半醉)의 노래라도 불러보자.

염리한 사람들을 다스리는 신(神)이란 항상 거룩합시니
새 별을 찾아가는 이민들의 그 틈에 안 끼어 갈 테니
새로운 지구엔 단죄 없는 노래를 진주처럼 흩이자.

한 개의 별을 노래하자. 다만 한 개의 별일망정
한 개 또 한 개의 십이성좌 모든 별을 노래하자.

이육사

교목(喬木)

푸른 하늘에 닿을 듯이
세월에 불타고 우뚝 남아서서
차라리 봄도 꽃피진 말아라.

낡은 거미집 휘두르고
끝없는 꿈길에 혼자 설내이는
마음은 아예 뉘우침 아니라.

검은 그림자 쓸쓸하면
마침내 호수(湖水)속 깊이 거꾸러져
차마 바람도 흔들진 못해라.

서울

어떤 시골이라도 어린애들은 있어 고놈들 꿈결조차
잊지 못할 자랑 속에 피어나 황홀하기 장밋빛 바다였다

밤마다 야광충(夜光忠)들의 고운 불 아래 모여서
영화로운 잔치와 쉴 새 없는 해조(諧調)에 따라 푸른 하
늘을 꾀했다는 이야기.

왼 누리의 심장을 거기에 느껴 보겠다고 모든 길과 길들
핏줄같이 엉클여서 역마다 느릅나무가 늘어서고.

긴 세월이 맴도는 그 판에 고추 먹고 뱅-뱅 찔레 먹고
뱅-뱅 넘어지면 맘모스의 해골처럼 흐르는 인광(燐光) 길
다랗게.

개아미 마치 개아미다 젊은 놈들 겁이 잔뜩 나 차마 차마
하는 마음은 널 원망에 비겨 잊을 것이었다 깍쟁이.

언제나 여름이 오면 황혼의 이 뿔따귀 저 뿔따귀에 한 줄씩 걸쳐 매고 짐짓 창공에 노려대는 거미집이다 텅 비인.

제발 바람이 세차게 불거든 케케묵은 먼지를 눈보라마냥 날려라
녹아내리면 개천에 고놈 살무사들 승천을 할는지.

청포도

내 고장 칠월은
청포도가 익어가는 시절.

이 마을 전설이 주절이주절이 열리고
먼데 하늘이 꿈꾸며 알알이 들어와 박혀

하늘밑 푸른 바다가 가슴을 열고
흰 돛단배가 곱게 밀려서 오면

내가 바라는 손님은 고달픈 몸으로
청포(靑袍)를 입고 찾아온다고 했으니

내 그를 맞아 이 포도를 따 먹으면
두 손은 함뿍 적셔도 좋으련

아이야, 우리 식탁엔 은쟁반에
하이얀 모시수건을 마련해두렴.

아편(雅片)

나릿한 남만(南蠻)의 밤
번제(燔祭)의 두렛불 타오르고

옥돌보다 찬 넋이 있어
홍역(紅疫)이 만발하는 거리로 쏠려

거리엔 노아의 홍수 넘쳐나고
위태한 섬 위에 빛난 별 하나

너는 고 알몸동아리 향기를
봄마다 바람 실은 돛대처럼 오라.

무지개 같이 황홀한 삶의 광영
죄와 곁들여도 삶즉한 누리.

절정(絶頂)

매운 계절의 채쭉에 갈겨
마침내 북방으로 휩쓸려오다.

하늘도 그만 지쳐 끝난 고원(高原)
서리빨 칼날진 그 우에서다

어데다 무릎을 꿇어야 하나
한발 재겨 디딜 곳조차 없다.

이러매 눈 감아 생각해 볼밖에
겨울은 강철로 된 무지갠가 보다.

독립운동은 못했지만 독립시詩는 기억한다 6

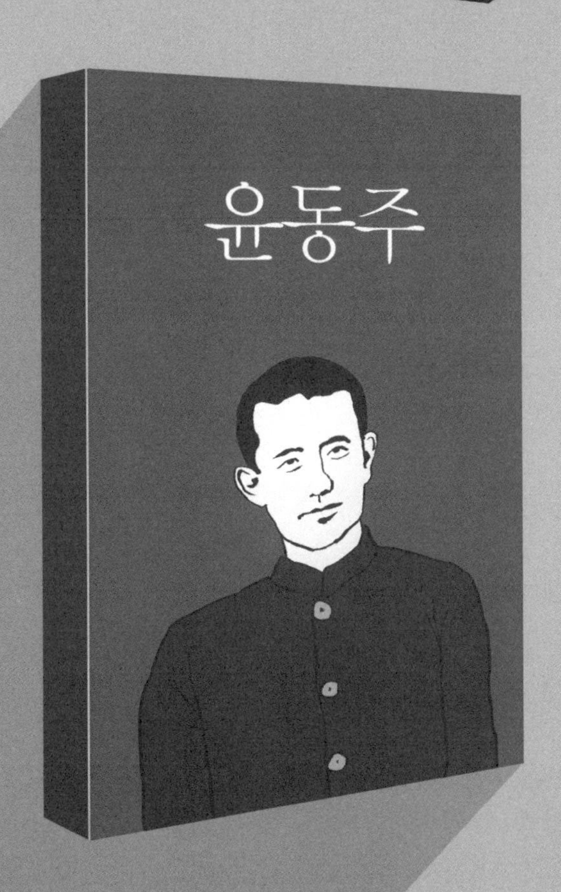

윤동주

1917.12.30.~1945.2.16.

「서시」, 「별 헤는 밤」으로 우리에게 가장 친숙한 영원한 청년시인이자 독립시인이다. 엄혹한 시대를 짧게 살다간 그는 인간의 삶과 고뇌를 사색하고 일제의 강압에 고통 받는 조국의 현실을 가슴 아파하며 진지하게 고민했다. 이러한 사상은 그의 시 행간 행간에 그대로 반영되어 있다.

돌아와
보는 밤

세상으로부터 돌아오듯이 이제 내 좁은 방에 돌아와 불을 끄옵니다. 불을 켜두는 것은 너무나 괴로운 일이옵니다. 그것은 낮의 연장(延長)이옵기에—

이제 창(窓)을 열어 공기를 바꾸어 들여야 할 텐데 밖을 가만히 내다보아야 방 안과 같이 어두워 꼭 세상 같은데 비를 맞고 오던 길이 그대로 비 속에 젖어 있사옵니다.

하루의 울분을 씻을 바 없어 가만히 눈을 감으면 마음 속으로 흐르는 소리, 이제, 사상(思想)이 능금처럼 저절로 익어 가옵니다.

간(肝)

바닷가 햇빛 바른 바위 우에
습한 간을 펴서 말리우자,

코카서스 산중에서 도망해온 토끼처럼
둘러리를 빙빙 돌며 간을 지키자,

내가 오래 기르든 여윈 독수리야!
와서 뜯어먹어라, 시름없이

너는 살지고
나는 여위여야지, 그러나,

거북이야!
다시는 용궁의 유혹에 안 떨어진다.

프로메테우스 불쌍한 프로메테우스
불 도적한 죄로 목에 맷돌을 달고
끝없이 침전하는 프로메테우스.

자화상(自畫像)

산모퉁이를 돌아 논가 외딴 우물을 홀로 찾아가선
가만히 들여다봅니다.

우물 속에는 달이 밝고 구름이 흐르고 하늘이
펼치고 파아란 바람이 불고 가을이 있습니다.

그리고 한 사나이가 있습니다.
어쩐지 그 사나이가 미워져 돌아갑니다.

돌아가다 생각하니 그 사나이가 가엾어집니다.
도로 가 들여다보니 사나이는 그대로 있습니다.

다시 그 사나이가 미워져 돌아갑니다.
돌아가다 생각하니 그 사나이가 그리워집니다.

우물 속에는 달이 밝고 구름이 흐르고 하늘이
펼치고 파아란 바람이 불고 가을이 있고
추억(追憶)처럼 사나이가 있습니다.

참회록(懺悔錄)

파란 녹이 낀 구리거울 속에
내 얼굴이 남아 있는 것은
어느 왕조의 유물이기에
이다지도 욕될까

나는 나의 참회의 글을 한 줄에 줄이자
― 만 이십사 년 일 개월을
무슨 기쁨을 바라 살아 왔든가

내일이나 모레나 그 어느 즐거운 날에
나는 또 한 줄의 참회록을 써야한다.
― 그때 그 젊은 나이에
왜 그런 부끄런 고백을 했든가

밤이면 밤마다 나의 거울을
손바닥으로 발바닥으로 닦어 보자.

그러면 어느 운석(隕石) 밑으로 홀로 걸어가는
슬픈 사람의 뒷모양이
거울 속에 나타나온다.

또 다른
고향

고향에 돌아온 날 밤에
내 백골(白骨)이 따라와 한 방에 누웠다.

어둔 방은 우주로 통하고
하늘에선가 소리처럼 바람이 불어온다.

어둠 속에서 곱게 풍화작용하는
백골을 들여다보며
눈물 짓는 것이 내가 우는 것이냐
백골이 우는 것이냐
아름다운 혼(魂)이 우는 것이냐?

지조 높은 개는
밤을 새워 어둠을 짖는다.

어둠을 짖는 개는
나를 쫓는 것일 게다.

가자 가자
쫓기우는 사람처럼 가자.
백골 몰래
아름다운 또 다른 고향에 가자.

십자가(十字架)

쫓아오던 햇빛인데
지금 교회당 꼭대기
십자가에 걸리었습니다.

첨탑이 저렇게도 높은데
어떻게 올라갈 수 있을까요.

종소리 들려오지 않는데,
휘파람이나 불며 서성거리다가,

괴로웠던 사나이,
행복한 예수 그리스도에게처럼
십자가가 허락된다면

목아지를 드리우고
꽃처럼 피어나는 피를
어두워가는 하늘 밑에
조용히 흘리겠습니다.

쉽게 씌어진 시(詩)

창 밖에 밤비가 속살거려
육첩방은 남의 나라,

시인이란 슬픈 천명(天命)인줄 알면서도
한 줄 시를 적어 볼까,

땀내와 사랑내 포근히 품긴
보내주신 학비 봉투를 받아
대학 노-트를 끼고
늙은 교수의 강의 들으러 간다.

생각해 보면 어릴 때 동무들
하나, 둘, 죄다 잃어버리고

나는 무얼 바라
나는 다만, 홀로 침전하는 것일까?

인생은 살기 어렵다는데
시가 이렇게 쉽게 씌어지는 것은
부끄러운 일이다.

육첩방은 남의 나라
창밖에 밤비가 속살거리는데,

등불을 밝혀 어둠은 조금 내몰고,
시대처럼 올 아침을 기다리는 최후의 나,

나는 나에게 적은 손을 내밀어
눈물과 위안으로 잡는 최초의 악수.

새벽이
올 때까지

다들 죽어가는 사람들에게
검은 옷을 입히시오.

다들 살아가는 사람들에게
흰옷을 입히시오.

그리고 한 침대에
가즈런히 잠을 재우시오.

다들 울거들랑
젖을 먹이시오.

이제 새벽이 오면
나팔 소리 들려올 게외다.

병원(病院)

살구나무 그늘로 얼굴을 가리고 병원 뒤뜰에 누워, 젊은 여자가 흰옷 아래로 하얀 다리를 내려놓고 일광욕을 한다. 한나절이 기울도록 가슴을 앓는다는 이 여자를 찾어 오는 이, 나비 한 마리도 없다. 슬프지도 않은 살구나무 가지에는 바람조차 없다.

나도 모를 아픔을 오래 참다 처음으로 이곳에 찾어 왔다. 그러나 나의 늙은 의사는 젊은이의 병을 모른다. 나한테는 병이 없다고 한다. 이 지나친 시련, 이 지나친 피로, 나는 성내서는 안 된다.

여자는 자리에서 일어나 옷깃을 여미고 화단에서 금잔화 한 포기를 따 가슴에 꼽고 병실 안으로 사라진다. 나는 그 여자의 건강이, 아니 내 건강도 속히 회복되기를 바라며 그가 누웠던 그 자리에 누워본다.

서시(序詩)

죽는 날까지 하늘을 우러러
한 점 부끄럼이 없기를,
잎새에 이는 바람에도
나는 괴로워했다.
별을 노래하는 마음으로
모든 죽어가는 것을 사랑해야지
그리고 나한테 주어진 길을
걸어가야겠다.

오늘 밤에도 별이 바람에 스치운다.